AF448205

LAS EMOCIONES "DIFÍCILES" VOL. II

Niña Pez
EDICIONES

Las emociones difíciles II
Patricia Andrea Rabanales G.... [et al.]. - 1a ed. -
Ciudad Autónoma de Buenos Aires : Niña Pez Ediciones, 2023.
72 p. ; 21 x 15 cm.
ISBN 978-987-8273-14-3
1. Literatura Argentina. I. Rabanales Gonzalez, Patricia Andrea.
CDD 863.9283

===

Niña Pez Ediciones, Jessica Boianover
Contacto: NinaPezEdiciones@gmail.com
⊕ www.NinaPezEdiciones.com.ar
▯ NiñaPezEdiciones
▢ @NiñaPezEdiciones
▶ https://www.youtube.com/@ninapezediciones

Idea original: Jessica Boianover
Corrección: Jessica Boianover
Arte de tapa: Teté Cirigliano

Niña Pez
EDICIONES

Índice emocional

Patricia A. Rabanales G.

Patricia nació en el año 1979. Es periodista chilena, madre de dos niños y una niña. Se ha dedicado por años a las comunicaciones corporativas, aunque su verdadera pasión es escribir ficción, especialmente cuentos para las infancias.

Patricia, o Patty, escribe desde pequeña y se declara adicta al café y a los viajes. Ha participado en diversos talleres de escritura creativa durante la pandemia por el COVID-19 y, actualmente, escribe un libro sobre su segundo hijo, Pascual, quien falleció en el año 2018, cuando tenía dos años.

Mi mejor amiga, la luna

Hay quienes piensan que mientras el sol sale y está en su máximo esplendor, la luna, callada y tranquila, sólo duerme y recupera energías. ¡Craso error! Mientras el sol ilumina el día, la luna trabaja incesantemente, no sólo para alumbrar nuestras noches, sino también para cumplir nuestros deseos.

Al menos esa era la historia que mi madre me contaba de niña y que me acompañó durante varios años. Gracias a esa historia, la luna y yo nos volvimos mejores amigas. Sí, porque a eso de los cinco años, yo, la pequeña Clara, me obsesioné con saber dónde estaba mi hermano del medio, el segundo hijo de mis padres y a quien yo nunca había visto, al menos no en persona.

A Pablo sólo lo había visto en fotos y había escuchado algunas historias sobre él, sobre su sonrisa, su pelo, sus travesuras; nada más que eso.

Mis papás hablaban de Pablo delante mío sólo de vez en cuando. A veces lo hacían con alegría, otras, con tristeza. En cambio, Felipe, el mayor de mis hermanos, nunca lo nombraba, no miraba sus fotos ni lo recordaba; no en voz alta. Pero a mis cinco años yo tenía muchas preguntas, más de las que mi madre hubiera querido que tuviera, más de las que mi padre podía responder.

"¿Dónde estaba Pablo, por qué no vive con nosotros? ¿Qué come, con quién vive? ¿Puede un niño vivir lejos de sus padres, de sus hermanos; se fue con otra familia?".

Cada vez que yo preguntaba, mis padres esbozaban algo parecido a una sonrisa, según recuerdo, y me daban respuestas que incluso para una niña de cinco no eran muy creíbles.

–Tu hermanito vive en una estrella, esa que está al lado de la luna, la estrella más luminosa de todas –decía mi mamá.

–Pablo siempre está con nosotros. Si pensamos mucho en él, es como si pudiéramos verlo, tocarlo… –respondía mi papá.

Pero yo seguía sin entender lo de Pablo, porque mi hermano Feli, quien por ese entonces tenía casi catorce años, vivía con nosotros, yo lo podía ver todos los días e incluso, cuando estaba de buenas, jugaba conmigo y me cuidaba.

–Feli, ¿por qué nadie me cuenta dónde está Pablo? ¿Alguien puede vivir en una estrella? Yo no creo, porque las estrellas son muy pequeñitas. ¿Cómo hizo Pablo para llegar hasta ahí? –lo interrogué una vez.

–¡No sé, Clara! Pregúntale a mamá o a papá –respondió y se fue, según yo, a hacer sus cosas de adolescente.

Recuerdo haber estado semanas preguntando por Pablo sin conseguir algo en claro. Para colmo, mis compañeros de clase me preguntaban dónde estaba, por qué no iba al mismo colegio que Feli y yo; por qué no estaba en mis cumpleaños.

A veces las preguntas eran tantas que yo colapsaba, aunque a esa edad no sabía que colapsaba; sólo me escondía en el baño o detrás de un árbol y lloraba, lloraba mucho hasta que alguna profesora me encontraba y me calmaba. Y así seguía yo, sin respuestas.

En eso estaba, obsesionada con Pablo, hasta que un día, en un acto del día de las madres, una compañerita lo lanzó, como una bomba:

–Tu hermano Pablo no vive con ustedes porque está muerto –dijo de frente, sin filtro, con la inocente crueldad propia de una niña de cinco.

–¡Eso es mentira! ¡Eso es mentira! –gritaba yo.

–Es verdad –replicaba ella–. Mi mamá se lo dijo a la mamá de Agustina. Tu hermano Pablo se murió.

–¡No es cierto! ¡Mi hermano vive en una estrella; en una estrella al lado de la luna! ¡La luna lo cuida todos los días! –grité antes de salir corriendo y caer de golpe contra el piso de cemento del pasillo del colegio, lastimarme las rodillas y la nariz, y estar tres días sin ir a clases.

Fue luego de ese "accidente" que mi madre me contó por primera vez la historia de la luna y de cómo durante el día ella se encarga de hacer realidad nuestros sueños. ¿Y cómo? Bueno, según mi madre, cuando la luna sale con sus cachitos hacia arriba es cuando hay que aprovechar y pedir un deseo, el deseo más importante y con toda nuestra fuerza. Luego, la luna trabajará para cumplir lo que le hayamos pedido.

–Si quieres ver a Pablo, debes desearlo con todas tus fuerzas, pedírselo a la luna cuando tenga sus cachitos hacia arriba y ella te lo concederá –me decía con tanta convicción que de grande le he preguntado cómo hacía para crear tamaña historia sin siquiera arrugarse.

Pero le hice caso. Cada vez que la luna tenía sus cachitos hacia arriba, yo me asomaba por la ventana de mi cuarto y le pedía ver a mi hermanito, pero verlo de verdad.

Aun cuando no descansaba en mi tarea de hacer que la luna cumpliera mi deseo, yo seguía sin respuestas y, mientras más preguntaba, la tensión en mi casa más crecía.

Una vez escuché a mi mamá decir que tal vez debían llevarme al psicólogo para poder explicarme. ¿Explicarme qué? Ese era el problema, que no me explicaban, que no me contaban, y yo, a mis cinco años de edad, quería saber la verdad.

Afortunadamente, mi "dulce" compañera que había dicho lo que dijo sobre mi hermano, nunca más se refirió al tema y hasta disculpas me pidió, seguramente motivada por sus padres y por la nota que le envió la profesora a petición de los míos.

Recuerdo también que un día, haciendo una tarea para la escuela, dibujé a mi familia en una hoja bien grande y corrí a mostrarle el dibujo a Felipe, quien estaba muy concentrado jugando con su teléfono. Cuando lo vio, se largó a llorar y me echó de su pieza. Era la primera vez que me trataba mal, mal de verdad. Entonces yo también lloré y mis padres tuvieron que dividirse. Mamá consolaba a Feli y papá, a mí. Varios años después entendí que Feli había llorado porque en el dibujo aparecía Pablo.

Después de acompañar a mis papás a ver a una señora vestida con un delantal blanco, que me interrogó, según recuerdo, y me pidió contarle por qué quería ver a mi hermanito, yo dejé de hacer algunas preguntas en mi casa, pero lo cierto es que no me había olvidado.

Y así fue como llegó mi cumpleaños. Y por más regalos que seguro recibiría ese día, lo que más quería no podían envolverlo. Ese sábado, con el patio lleno de niñas, niños y familiares, y con la torta de manjar y crema que era mi favorita, soplé las velas de mi cumple número seis, no sin antes pedir que esa noche, la luna me concediera mi deseo.

Una vez que se fueron los invitados, y cansada de tanto jugar y celebrar, me subí a un baúl que estaba junto a mi ventana. Fue cuando vi una estrella brillante, tan brillante que parecía que me estaba mirando. Junto a ella una luna blanca y fulgurante con sus cachitos hacia arriba.

La vi fijamente y casi susurrando le pedí, le rogué, ver a mi hermanito, a Pablo.

–Quiero verlo de verdad, hablarle, jugar con él –le dije a la luna.

Me quedé dormida, rendida, y al día siguiente me levanté de un salto. Había soñado con mi hermano. Tenía la misma ropa de la foto que colgaba de la pared del pasillo, los mismos rizos y la misma mirada. Me había hablado, habíamos jugado, le había mostrado mis muñecas y mis lápices de colores.

Estaba tan feliz de verlo así, tan cerca, tal real, que al despertar y no tenerlo ahí no me había puesto triste. Sólo quería que llegara luego otra luna de los cachitos para pedirle ver a Pablo nuevamente.

Después de eso, dejé de preguntar por un buen tiempo sobre mi hermano del medio, al menos en voz alta. Pero desde ese día, todas las noches pedía a mi mamá que no cerrara la cortina de mi ventana.

–Quiero ver siempre la luna y las estrellas antes de dormirme –le dije.

Unos años después, nuevamente en la oficina de una señora con delantal blanco, mis papás me contaron que Pablo había muerto un año antes de que yo naciera. Les costó decirlo. Les costó decírmelo. Y a mí, después de quince años, aún me cuesta entenderlo. Me cuesta entender que tengo un hermano al que veo en fotos y en sueños, aunque, afortunadamente, también tengo a Feli, que es el mejor hermano del mundo. Él, a sus casi treinta, sigue sin hablar de Pablo, pero yo ya no le pregunto. Sólo lo abrazo y le digo que lo quiero mucho.

Y aunque ya sé que la luna y sus cachitos no cumplen deseos, cada vez que quiero ver a mi hermano del medio, miro al cielo y busco la estrella más luminosa. Sé que Pablo vive en ella; sé que Pablo vive aquí.

PREGUNTAS PARA REFLEXIONAR: ¿De qué formas se te ocurre que puedes tener presente a tus seres queridos que ya no están contigo? ¿Qué puedes hacer cuando los extrañas? ¿Cómo te pueden ayudar los adultos cuando te sientes triste porque alguien que amas ya no está presente?

Las nubes de Pascuala

Cuenta la leyenda que cada vez que una niña o niño desobedece a sus padres o se comporta mal, el sol se esconde y amanece nublado. Y que el verano es sólo la reserva que tiene el clima para soportar tantos berrinches en el mundo. Al menos esa es la historia que la abuela Mercedes les contaba a sus nietos, Pascuala, Teo y Ramiro, desde que estos tenían cuatro, tres y un año, respectivamente. Y quien más la creía era Pascuala, precisamente la más malcriada y mal portada de los Piedrabuena.

Pascuala, de morenos rizos y grandes ojos verdes, era la adoración de su familia y, por cada pelea de sus padres, las que eran frecuentes, la niña hacía un escándalo de proporciones con el que conseguía todo lo que se proponía. Por eso nunca le había resultado raro que la mitad del año estuviera nublado. "Las nubes juntan fuerza cada vez que te portas mal y logran que el sol no salga y los días se vuelvan fríos", le había dicho una vez la abuela, cansada de sus rabietas.

No le extrañaba a Pascuala que esa época fría fuera "su culpa". No veía nada de malo en que el sol no saliera durante un tiempo, hasta ese otoño, en el que cumplió seis y su abuelo Gaspar enfermó. Ya no era el de antes, el que a los setenta iba al fútbol cada domingo, practicaba tenis cada sábado y jugaba a las cartas con sus amigos del club todos los jueves.

Desde aquel otoño, nada de cartas, mucho menos fútbol o tenis. Sólo una manta y sus lentes lo acompañaban junto a la ventana cuando se sentaba a mirar los autos pasar o a leer una novela de esas que tienen las hojas amarillas de tan viejas que están.

A Pascuala le angustiaba ver así a su abuelo adorado que la mimaba siempre y le contaba lindas historias, no como las de la abuela Mercedes. Le angustiaba ver que su "tata" no fuera el mismo desde hacía un año, cuando oyó a su madre decir que había caído tumbado al suelo esa mañana en que el sol no había salido, esa mañana en que Pascuala recordaba haber peleado con sus hermanos pequeños; en que los había hecho llorar.

Escuchó también que los doctores le habían prohibido al abuelo moverse mucho y, sobre todo, que el clima frío hacía mal a sus huesos y que debía buscar los rayos de sol. Desde entonces, sentía que su tata había enfermado por su culpa, por ser una "rebelde caprichosa", como decía su abuela. Pero no se atrevía a contárselo a nadie. A pesar de su comportamiento, no quería causar más peleas entre sus padres. Eso sí le daba miedo.

Su abuelo llevaba un tiempo enfermo, pero Pascuala lo visitaba todos los fines de semana y eso la ponía contenta. Ella le contaba cosas de la escuela, de sus travesuras, y él le regalaba caramelos de muchos colores y le decía, en secreto, que era su nieta favorita.

Ese sábado por la mañana, Pascuala estaba feliz porque vería a su tata y le entregaría un dibujo y una carta muy bien escrita para una niña de siete, donde le decía que estaba tratando de portarse mejor, pero que no siempre lo conseguía. Le pedía perdón por todos los días nublados que había tenido el año y le prometía que ahora, que estaba "grande", iba a comportarse como una niña buena para que hubiera muchos días soleados y él pudiera salir al jardín y sentirse mejor. Pero Pascuala y su familia no alcanzaron a salir de casa. El teléfono sonó y lo supieron. Ese fue el último sábado gris de Gaspar.

Pascuala lloró como nunca. Sus padres la abrazaban y le contaban a ella y a sus hermanitos enredadas historias para explicarles por qué su abuelo ya no estaba con ellos, pero Pascuala sentía que ella tenía la culpa, aunque no lo decía.

Seis meses después, y cuando la tristeza comenzaba por fin a ceder, Pascuala volvió a casa muy contenta del colegio, más que de costumbre. Entró saltando y cantando. Ese día, Pascuala se había portado bien. De hecho, hacía días que se portaba bien, aun cuando sus padres llevaban algunas semanas sin vivir juntos. Pero portarse bien no era lo que la tenía tan contenta. Ni siquiera el haber hecho una nueva amiga en la escuela.

Ese día, en el gimnasio del colegio, habían armado una feria de ciencias, algo que a Pascuala no le llamaba particularmente la atención, al menos no tanto como hacer travesuras, pero todos los alumnos debían recorrer la feria y escuchar las exposiciones.

Un grupo de estudiantes un poco más grandes mostraba unos videos acerca de los planetas y los movimientos de la Tierra. Al principio, la mayor de los Piedrabuena no estaba muy concentrada, hasta que llegó la parte en que relataban cómo se producen las estaciones del año y por qué cambia el clima cada cierto tiempo. Una de las niñas del colegio explicaba que mientras la Tierra gira en torno al Sol, van cambiando las temperaturas, los climas y los colores de la naturaleza. "Cuando la Tierra se mueve alrededor del Sol, se van formando el invierno, la primavera, el verano y el otoño, y así llegan las nubes, la lluvia y luego, el calor. Después, se caen las hojitas de los árboles…". No terminaba de hablar cuando Pascuala se dio vuelta rápidamente hacia sus compañeros y casi gritó.

–¡Profesora! ¡Profesora! Entonces… cuando el sol se esconde y hace frío, ¿no es porque alguna niña se ha portado mal? –preguntó. En el gimnasio, algunos alumnos quedaron mudos, otros se rieron, pero todos fijaron su mirada en la pequeña de rizos ante su particular consulta.

–Claro que no, Pascuala. ¿Por qué piensas eso? –interrogó de vuelta la profesora.

La niña no respondió. Sólo se sonrojó y sonrió tímidamente.

Cuando llegó a su casa fue directo hasta la pieza de la abuela Mercedes, que ahora vivía allí. La abrazó y le hizo cariño en la mano. Ninguna dijo nada.

Más tarde, mientras le preparaba la merienda, su mamá le preguntó por qué estaba tan contenta. Pascuala prefirió decirle que era porque tenía una nueva amiga y porque llevaba tiempo portándose mejor. A modo de premio, su mamá le dio doble ración de panqueques. Luego, Pascuala fue a su cuarto, tomó un cuaderno y escribió:

Querido tata. Ya sé que no te fuiste por mi culpa. A veces los grandes nos mienten y no sé por qué, pero me alegra que hoy no haga frío, porque entonces quiere decir que tú estás bien.

Mi papá y mi mamá ya no pelean, pero tampoco es por mí. Debe ser porque ya no se ven.

Cuídate mucho. Yo voy a cuidar a la abuela, porque ahora vive con nosotros. La voy a cuidar para que sólo tenga días de sol. Te quiero y te echo de menos.

Pascuala

Preguntas para reflexionar: ¿Qué es un escándalo? ¿Qué puedes hacer cuando algo te duele o te enoja, en lugar de un escándalo? ¿Qué te ayuda a tranquilizarte? ¿Cómo podemos ayudarte los adultos cuando algo te enoja? ¿Y tus pares, cómo pueden ayudarte en esos momentos?

Emiliano Mezzabotta

Emiliano nació el 9 de mayo de 1996 en Rosario. Estudió la carrera de Profesorado de Biología de la cual egresó, y hace reemplazos docentes esporádicos. Comenzó a interesarse por la literatura a los veintidós años. Ha cursado diversos talleres de escritura. También participó de la antología *Entre Cuentos* de la Editorial Dunken con su cuento "La ciudad del futuro". Ha incursionado en la actuación y en la comedia.

En 2023 publicó su primer libro, *6 cuentos*, a través de la editorial Autores de Argentina.

La pesadilla de Carlitos

Una noche cuando transcurría la madrugada y todos dormían, el pequeño Carlos se despertó muy alterado.

—¡Papáááá! ¡Mamáááá! —gritó mientras lloraba.

Fue su papá quien acudió en su auxilio.

—¿Qué te pasa, Carlitos? —le preguntó.

—¡Tuve un sueño muy feo!

Papá se sentó junto a él en su cama y no dudó en abrazarlo.

—Tranquilo, hijito, ya pasó. ¿Qué soñaste?

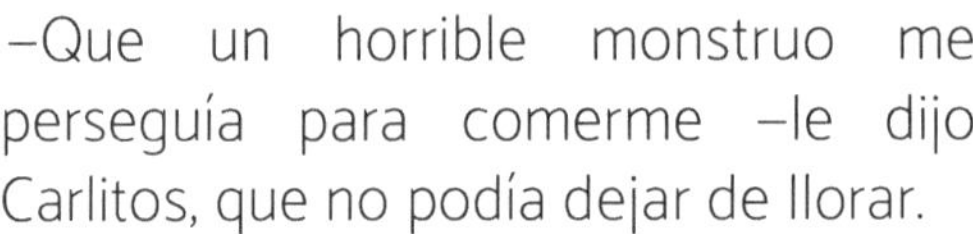

–Que un horrible monstruo me perseguía para comerme –le dijo Carlitos, que no podía dejar de llorar.

–Las pesadillas dan mucho miedo. Pero tratá de calmarte, ya pasó. Sólo fue un sueño. Son cosas normales.

Sus palabras calmaron a Carlitos.

–¿Estás mejor, hijo?

–Sí, papi.

–Perfecto. Volvé a dormirte, Carlitos, es muy tarde.

Antes de retirarse, papá lo tapó con las sábanas y le dio un beso en la frente. "Buenas noches", se dijeron.

Pero Carlitos no cerró los ojos. De repente, vio una silueta horrible en la pared, similar a un monstruo. Muy asustado, se metió debajo de las sábanas pensando que, de esa manera, el monstruo no lo encontraría. Cuando salió de su escondite, la silueta se había esfumado. Se levantó a ver qué pasaba y, cuando quiso poner un pie en el suelo, pisó algo. Bajó la mirada y levantó lo que había pisado.

–Mi dinosaurio –dijo aliviado.

Pero Carlitos no volvió a la cama. Sintió miedo al estar solo en su habitación, así que decidió irse a dormir a la cama de papá y mamá. Entró y despertó a ambos.

–¿Qué pasa? –le preguntaron sus papás.

–Es que… no quiero dormir en mi habitación, quiero dormir aquí, con ustedes.

–Hijo, ya sos grande, tenés que dormir en tu cama como todo niño mayor –le recordó mamá.

–¡No quiero, mamá!

–Todos necesitamos dormir, Carlitos. Si no dormís, mañana vas a tener mucho sueño.

Mamá le extendió su mano para acompañarlo de regreso a su habitación. Cuando lo arropaba con las sábanas, el pequeño le dijo:

–Mamá, quiero un vaso de agua.

–Está bien, ahora te lo traigo –le respondió.

Carlitos quería que su mamá le leyera un cuento, así que fue a buscar uno a la repisa. En ese momento, mamá entró con el agua.

–Acá está el agua, mi amor.

Después de beber unos cuantos sorbos, Carlos le mostró el cuento.

–¿Me lo leés, mami? –le preguntó.

–Carlitos, es muy tarde para cuentos –le dijo mientras bostezaba.

–¡Uno sólo, porfa!

–Hijo, es muy tarde. Es hora de dormir, no de leer.

–Pero es que no tengo sueño.

Después de decir eso, Carlitos lanzó un bostezo muy grande.

–¿Ves? Sí tenés sueño. Y yo también –le dijo mamá, que parecía haberse contagiado del bostezo de Carlitos.

Carlitos intentó dormirse de todas las maneras posibles, pero no podía. Dio vueltas y vueltas en la cama, pero no encontraba una posición cómoda. Estaba inquieto, como si le faltara algo.

Estaba seguro de que dormiría mucho mejor con mamá y papá. Se metió sigilosamente en su cama, por debajo de las sábanas, para no despertarlos. Como se movían mucho, se posicionó hacia el lado opuesto de la almohada, con los pies apuntando hacia ella, aunque sin sábanas. Una patada despertó a papá.

–¡Carlos! ¿Qué hacés acá de nuevo? –preguntó papá, visiblemente molesto. Su grito despertó, por extensión, a mamá.

–Perdón, es que… quiero dormir con ustedes. No me gusta mi cama.

–No entramos en esta cama los tres –le replicó su padre–. Vamos. A tu cama, hijo.

"Qué noche larga", fueron las palabras que retumbaron en el cerebro de mamá luego de que papá se lo llevara.

Cuando volvían a la habitación de Carlitos, el pequeño sintió necesidad de ir al baño. Mientras lo esperaba en el pasillo, papá apretó los ojos y bostezó.

Cuando su padre lo estaba dejando en la cama, Carlitos le dijo:

–No tengo sueño, papá. ¿Podemos jugar a algo?

–Mirá afuera, Carlos –respondió–. ¿Qué ves?

–Está oscuro. No veo nada.

–Exacto. Todas las luces están apagadas porque todo el mundo está durmiendo. Mirá, hijito, sé que tuviste una pesadilla, pero ya pasó. No vas a soñar de nuevo lo mismo.

–Pero, ¿y si tengo otra pesadilla distinta? –preguntó su hijo, asustado.

Para tranquilizarlo, a su padre se le ocurrió una idea.

–¡Ya sé! Dame tu almohada.

Papá dio vuelta la almohada de Carlos y le dio muchísimos besos, a la almohada, y luego a Carlos. Tantos besos le dio a la almohada, que quedó toda aplastada.

–Listo. Di vuelta tu almohada del lado de los sueños buenos y la dejé toda calentita con los besos de mis labios. Si tenés una pesadilla, te estaré besando las mejillas para tranquilizarte, hijito.

Carlitos se calmó y se pudo dormir.

Preguntas para reflexionar: ¿Qué es lo que te da miedo a la hora de dormir? ¿Qué pensás que sería bueno que cambie para que no te dé miedo dormir por la noche? Si te da miedo dormir solito o solita, ¿quiénes te pueden acompañar en tu habitación por un ratito? ¿Cómo te sentirías si alguien de tu familia te acompaña en tu habitación hasta que te quedes dormido/a?

María Reina Robledo

María Reina es profesora en Lengua y Literatura, especialista universitaria y docente de nivel superior. Nació en CABA en 1965 y fue llevada a vivir a su amado Los Polvorines, a las cuarenta y ocho horas de nacida. Se casó muy joven y comparte su existencia hace más de cuarenta años con su compañero, Pedro. Tiene dos hijos, Natalia, que es docente y Enzo que es deportista de alto rendimiento. Tiene un único nieto, Joaquín, de diez años. Estos son sus seres amados, quienes le dan sentido a su vida.

Ha realizado publicaciones en revistas como Noveduc e investigaciones en literatura infantil y juvenil, que la llevaron a ganar premios en ACTE a nivel provincial. Ha dado talleres de capacitación para docentes en literatura infantil para el nivel superior. Publicó *Dos primas cuentan*, junto con su querida prima Adriana M. García. Este es su segundo desafío narrativo. Espera recibirse pronto de licenciada, porque lo que más le gusta en la vida es aprender y adora ir al río.

Nada es lo que parece...

Rodri era un niño muy noble y de muy pocas palabras. Le costaba comunicarse verbalmente con sus compañeros en forma fluida y por eso lo hacía con su cuerpo. Había empezado el jardín de infantes con tres años recién cumplidos. Le costó mucho incorporarse a esa nueva vida y por eso tuvo que hacer la adaptación con su mamá hasta que la seño le dijo: "ya no puede acompañarlo más, mami". Esa tarde, cuando volvían a casa, a la salida del jardín su mamá pensó: "¿cómo voy a hacer?". Resolvió que, al otro día, lo acompañara su hermana mayor y Rodri definitivamente se quedó.

Los días siguientes se fueron dando con aparente normalidad, pero algo lo inquietaba. Algunos días, Rodrigo salía muy contento, pero otros, muy preocupado. Su mamá observaba su comportamiento en silencio, tratando de interpretar qué le pasaba. Hasta que un día la maestra la llamó para charlar y le comentó que Rodri le había pegado a un compañerito. María, esa misma noche decidió charlar con él sobre el tema y el niño le comentó: "hay un compañerito que me molesta". Su mamá le contestó que no debía ser para tanto, que no le hiciera caso y que jugara con otros nenes. No le dio mayor importancia a la situación, ya que es normal que los chicos se peleen en la escuela y al rato se amiguen.

Por supuesto que comenzaron a circular todo tipo de comentarios sobre él.

Decían que Rodrigo era agresivo y que en su casa debía vivir seguramente situaciones de violencia, que por esa razón actuaba así. No era fácil para María soportar las miradas acusadoras cuando llegaba al jardín a dejar a su hijo. Además de escuchar por lo bajo algún comentario en contra del niño.

Rodri iba a un jardín estatal, tenía una señorita que se llamaba Stella, a la que él quería mucho. La maestra ahorraba moneditas en una lata para gastos del material para la sala. Todos los niños sabían cuál era la lata y dónde la guardaba la señorita, pero nadie había advertido que un compañero rondaba permanentemente alrededor de esta. Ese niño era Lucas, el compañero que había acusado a Rodri de golpearlo.

Un día, la seño abrió la lata y vio que no estaban las monedas. Entonces preguntó si sabían qué había sucedido con ellas. Rodrigo había visto a Lucas robarlas, pero no quiso acusarlo y guardó silencio. Lucas no dijo que había sido él y le dijo a Rodrigo que no le contara a la señorita. Rodri le prometió que no iba a decírselo. La seño volvió a guardar monedas en la lata y a los pocos días volvieron a faltar. Las miradas de los niños se cruzaban. La de Lucas, amenazante, y la de Rodrigo, muy triste, como diciendo "no lo hagas más".

Esta situación preocupaba a "Colores", como los llamaban en la escuela, y lo afligía. Una tarde como todas, la seño preguntó si alguien sabía qué había pasado con las monedas y Lucas, que ya no podía sostener la situación acusó a Rodri, nuevamente, pero esta vez del robo. Rodrigo se puso muy triste, quiso explicarle a la señorita, pero ella no quiso escucharlo y lo envió a la dirección. Llamaron a su mamá y lo retiró del jardín. Los días siguientes el niño estuvo muy decaído y no demostró interés en ir a la escuela. Por supuesto que su mamá sabía que él no había sido, confiaba plenamente en su hijo.

A la semana siguiente tenían que festejar los cumpleaños del mes y los niños concurrieron con sus familias, como lo hacían habitualmente. El festejo fue perfecto, los papás y las mamás actuaron para agasajar a sus hijos, comieron torta, tomaron gaseosas, todo fue una verdadera fiesta. Armaron una mesa larga en la salita, para soplar las velitas y cantar el feliz cumpleaños del mes a cada niño y niña. En un momento la seño les pidió que salieran al patio, para compartir una sorpresa que les había preparado. Fueron muy contentos y se sentaron en ronda. De repente la maestra recordó que había olvidado el poema que iba a leerles a los chicos y volvió a la sala a buscarlo. Cuando entró vio a un niño agachado abriendo la lata de las monedas y gritó: "Lucas, ¿qué hacés ahí?".

Lucas no respondió...

Preguntas para reflexionar: ¿Todos los secretos se pueden guardar? ¿Qué podés hacer si tenés un secreto que te duele o te hace sentir incomodidad? ¿A quiénes se lo podés contar? ¿Qué personas te pueden ayudar si alguien te trata mal en la escuela, en tu casa o en cualquier otro lugar? Cuando somos testigos de un acto incorrecto, como el que ocurre en este cuento que Lucas roba las monedas de la señorita, ¿qué es lo más seguro que podemos hacer para que la verdad salga a la luz sin que eso nos lastime a nosotros mismos?

Raquel Silvetti

Raquel es uruguaya. Nació el 12 de diciembre de 1959. Es escritora y narradora oral escénica de cuentos infantiles desde el año 1999.

Lleva en su haber treinta y cuatro publicaciones y diez libros editados, algunos abordando temas como el bullying, drogas en la infancia, reciclaje, medioambiente y otros.

Es funcionaria de la Biblioteca Nacional de Uruguay desde el año 1998, cumpliendo tareas en Secretaría, Gestión Territorial y Visitas Guiadas a instituciones escolares.

Recientemente se ha unido al equipo de trabajo internacional "Proyecto Antártico Latinoamericano de literatura infantil" con la participación de Argentina, Chile, Brasil, Colombia y Uruguay.

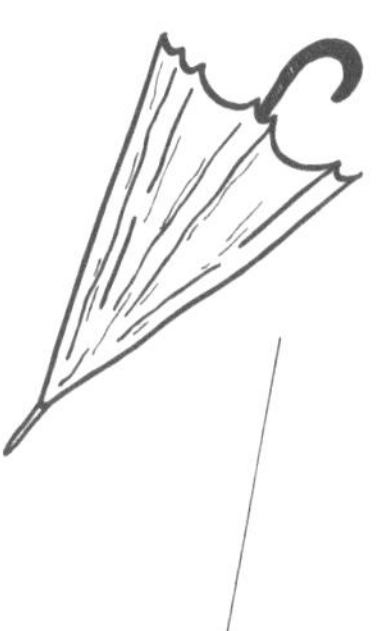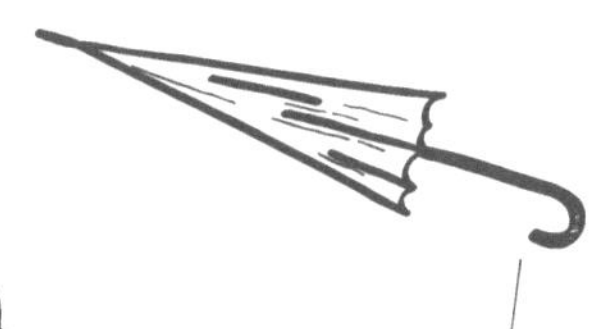

Una oreja divertida

Todo comenzó en lo que parecía un tremendo día de lluvia…

—No puedo creer, ayer dijeron que no iba a llover y se escuchan truenos tremendos, bueno, me voy a preparar para no mojarme —dijo Macarena mientras tomaba un paraguas, unas botas de lluvia y un piloto para ir a su trabajo.

Bajando por el ascensor, observó que la gente la miraba de arriba hacia abajo y de abajo hacia arriba.

—Buenos días, qué tremendo va a estar hoy, ¿verdad? Truenos, truenos y truenos —decía con una gran sonrisa sin que nadie respondiera.

—Que tengan una excelente jornada todooooooooooooooos —dijo al bajar del ascensor.

Quedó muy sorprendida cuando salió a la calle y vio que había un sol que rajaba las baldosas. Ella era la única con un equipo de lluvia y un paraguas a punto de abrir.

—Pero qué cosa más rara, oí perfectamente los truenos, no uno ni dos, muchos truenos.

Haciéndose la distraída, ante la mirada de los transeúntes, se quitó el equipo, guardó su paraguas mientras bajito decía "yo escuché truenos".

Al llegar a la escuela, los niños le preguntaron:

—Maestra, ¿para qué trajiste paraguas?

—Para protegerme del sol, como si fuera una sombrilla —respondió sonriendo. Entonces lo abrió en el patio y se lo

fue pasando uno a otro. Los niños, contentos, decían: "¡qué divertida! ¡La maestra es genial!".

Dejó el tema de los truenos en su cabeza dando vueltas, para no darle mucha importancia.

–Niños, cierren los cuadernos y vayan al recreo que ya sonó el timbre ¡tres veces! ¡Qué rápido pasó el tiempo…!

Los niños se miraron asombrados y como la maestra era muy divertida, la tomaron como tal y siguieron trabajando.

–Pero, ¿es que nadie va a salir al recreo? Después no se quejen…

–Pero, maestra, es que el timbre no sonó, ¿verdad que no sonó? –preguntó uno de los niños al resto.

Todos movieron la cabeza en señal de ¡NOOOOOOO!

Macarena los miró y, mientras, de reojo, observó que no había ningún niño en el patio.

–Quería saber si estaban atentos y concentrados en su tarea. Todavía falta una hora para el recreo –dijo poniéndose colorada como un tomate.

Ya en el recreo con las otras maestras comentó lo sucedido. Todas dijeron que seguramente era el cansancio de estar casi a mitad de año. Ella pensó lo mismo. A la salida de la escuela, tomó el transporte, como todos los días, para regresar a su casa y en el mismo, un gallo comenzó a cantar.

–No, no, esto es el colmo: viajar con un gallo, ¿no le parece señora? La gente está cada vez más loca.

La señora que estaba sentada al lado de la maestra la miró con cara extrañada.

–Porque usted escucha al gallo, ¿verdad?

A la señora le dio cosa decir que no y tan sólo levantó los hombros en un gesto, de… "si usted lo dice…".

Ya en su casa, les comentó lo sucedido a su esposo y a sus hijos. Los tres se miraron y los unió el pensamiento "son cosas de mamá".

—Mamá, el guiso está pronto, ¿cenamos?

—¿Quién no quiso?

—No, no entendiste, dije que "el guiso está pronto" y además la perra está afuera. ¿La entramos?

—Pero si no es tiempo de peras, ¡me vas a enloquecer!

Todos se rieron y lo tomaron como una más de las tantas bromas de su madre, confundir "guiso" con "quiso", "perra "con "pera". Para la familia era divertido

Pero Macarena comenzó a preocuparse, aunque trataba todo con humor. ¿Qué estaría pasando?

Una conversación en la noche, la sorprendió:

—A ver si no te hacés más la lista, que no es ninguna gracia.

–No sé por qué te ponés así, después de todo, soy yo la que hace estas cosas divertidas.

–No son divertidas, mirá que vamos a terminar en un médico y quién sabe qué nos hacen.

La maestra se sentó de golpe en la cama, su esposo roncaba como un oso.

–¡GRRRRRRRRRRRRRRRRRRRRRRRR!

Se levantó y miró por la ventana. No había nadie bajo su balcón conversando.

¿Sería lo que pensaba? ¿Estaría oyendo mal? ¿Habría soñado que sus orejas conversaban entre sí?

Al día siguiente se levantó muy atenta, escuchó la radio mientras desayunaba como todos los días. Lucas, uno de sus hijos le dijo:

–Mamá, ¿dónde está el queso?

–¿Para qué querés yeso? Apurate, Lucas, dejemos el yeso para otro momento, que se hace tarde para ir a la escuela.

Lucas miró a su hermana Sofía, en un gesto de "¿qué le pasa?".

Antes de ir a la escuela, la maestra decidió ir al médico y explicarle lo que le estaba sucediendo. No quería pasar por maestra loca…

El médico la escuchó atentamente, era un **OTORRINOLA-RINGÓLOGO**, palabra laaaarga como una guirnalda.

Le dijo que no era la única persona que oía mal y que tenía solución. En realidad, estaba un poco sorda.

La maestra no salía de su asombro, ahora entendía muchas cosas y hasta se puso a reír recordando todo lo sucedido.

Esa noche se le ocurrió algo…

Como era una sola oreja la que le hacía escuchar mal, la izquierda, iba a jugar con ella.

Caminó muy decidida hacia un espejo y mirándola fijo le dijo:

–Te hablo a vos, oreja izquierda: ya sé todo, todo lo que ocurre y te propongo algo. Vamos a usar un aparatito para que no te confundas, vas a quedar preciosa.

A la mañana siguiente…

–Mamá, ¿me alcanzás un trozo de "yeso"? –dijo Lucas sonriente.

–Habrás querido decir "queso", Lucas.

–¿Y a mí, alguna "pera" para llevar al liceo? –preguntó Lucía, mirando a su hermano.

–Las "perras" ya están adentro de casa, hoy va a estar frío. Pero qué graciosos se han levantado hoy, me encanta la gente alegre.

Ahora, cuando escucha truenos, antes de abrir el paraguas, le da un tironcito a su oreja divertida.

Preguntas para reflexionar: ¿Cómo podemos ayudar a una persona que parece tener problemas de audición o de cualquier otro tipo? ¿Qué podemos hacer si alguien se burla de una persona con una dificultad? En caso que estés sufriendo discriminación, ¿a qué personas podés recurrir para que te ayuden y qué acciones podés tomar?

Vanesa Pulgar Villablanca

Vanesa es psicóloga recibida en la Universidad del Salvador y madre de dos niñas. Desde siempre le interesó trabajar en prevención dentro del área de salud mental acompañando a las personas a desarrollar su inteligencia emocional. A su formación en el área de la psicología organizacional le sumó capacitaciones en puericultura y crianza respetuosa, lo cual, junto a la movilizante experiencia de maternar, la llevó a descubrir una nueva pasión por la escritura de cuentos infantiles.

Supercoco está celoso

En la cueva de una altísima cumbre rocosa de la Cordillera de Los Andes, Coco, el joven cóndor miraba fijamente aquel pequeño huevo cuya existencia tanto había alborotado a su familia.

–Pronto nacerá tu hermanito, que será un gran compañero de aventuras y juegos. Y se multiplicará aún más el amor de esta familia –le había dicho su papá. Pero Coco estaba intranquilo, no lograba imaginarse cómo sería la vida con un hermano a su lado. Su mamá y su papá se alternaban día tras día para incubar ese huevo que había sido cuidadosamente posado sobre una base de pequeñas piedras y fina arena.

–Mamá, ¿qué tal si salimos a dar un paseo por el aire? –le propuso un día Coco, entusiasmado.

–Ahora no puedo Coco, estoy incubando a tu futuro hermanito. Cuando papá regrese de buscar comida tal vez podamos ir.

Coco se sintió decepcionado. Hacía varios días que su habitual paseo estaba suspendido, todo por la llegada de ese "supuesto gran compañero".

Por fin llegó el día tan esperado y cuando Coco volvió de la escuela, su padre lo miró emocionado:

–Ven, Coco, tu hermanito Jano ya nació y está ansioso por conocerte.

Coco se acercó y lo vio tan pequeño e indefenso que no pudo evitar sonreír.

–¿Puedo acariciarlo? –preguntó.

–Claro que sí. –Los cuatro se fundieron en un abrazo, felices por la llegada del nuevo integrante.

Pero los días sucesivos no fueron nada fáciles para el joven Coco que se sintió desplazado por la llegada de su hermano. Miraba desde afuera cómo su mamá y su papá amorosamente le daban de comer en su pico mientras él tenía que servirse solo; eso no le parecía nada justo.

Y por las noches, su lecho, el cual siempre había disfrutado, ahora se sentía frío y alejado de aquel donde sus padres compartían calor con el pequeño Jano.

Una extraña sensación empezó a crecer en su interior, Coco no lograba identificarla, era como si alguien agarrara su corazón y lo estrujara con fuerza. Solamente quería gritar. Y lo hizo.

–¡Mamáááá, papáááá! Tengo mucho miedo–. Gritó con todas sus fuerzas esa noche.

–Coco, ¿qué pasa? –Su mamá se acercó preocupada.

–Tengo mucho miedo, quiero dormir con ustedes. No quiero estar aquí solo.

–Hijo, no entramos todos juntos. Ya estás grande, por eso tienes tu propio lecho.

–Pero no es justo, Jano sí puede dormir con ustedes, y desde afuera de la cueva escuché unos ruidos que me asustaron.

–Tengo una idea, me quedaré aquí, a tu lado, hasta que te duermas, ¿te parece bien?

Arrullado en el calor del plumaje de su mamá, Coco pudo volver a conciliar el sueño.

Al día siguiente, su mamá lo despertó con cosquillitas en el cuello, como solía hacerlo.

–Arriba, dormilón, es hora de ir a la escuela.

–¡No! No voy a ir a la escuela –gritó enojado Coco–. ¡No, no y no!

–Coco, te encanta ir a la escuela, tu amiga Rita te estará esperando –intervino el papá.

–No voy a ir, además algo me pasa, no puedo volar, tengo que quedarme en casa como Jano, y también me tienen que dar de comer.

–Suficiente, jovencito, nos iremos a la escuela –su papá lo subió sobre su nuca y lo llevó a la escuela sin mediar más palabras. Coco pudo notar que la cabeza de su papá había cambiado de color por un rojo mucho más intenso, por lo que supo que estaba realmente muy enojado.

Toda la mañana una gran tristeza invadió al pequeño cóndor.

–¿Qué sucede, Coco? –le preguntó su amiga Rita, quien notó enseguida que algo no andaba bien.

–Creo que mis padres ya no me quieren, Rita, o al menos estoy seguro de que prefieren pasar su tiempo con Jano. Quisiera volver a ser pequeño, pero eso enoja aún más a mi papá. Jano no es como tu hermanita Cala, ustedes juegan y se divierten juntas; pero Jano… él sólo quiere robarme a mis padres–. La tristeza de Coco se había transformado en un profundo enojo.

–Al principio también me sentí así cuando nació Cala, pero con el tiempo nos hicimos grandes amigas –le contó Rita recordando su experiencia–. Tal vez lo mismo ocurra con ustedes.

Al volver a casa, Coco escuchó a sus padres cuchichear con aire preocupado, pero no logró entender de qué estaban hablando. En cuanto lo vio llegar, Jano sonrió al grito de:

–¡Coco, Coco!

Todos se sorprendieron y Coco sintió una gran emoción: ¡La primera palabra de su pequeño hermano había sido su nombre! De prisa, corrió a abrazarlo.

–Sí, Jano, aquí llegó tu hermano. ¿Sabes, Coco? Jano te extrañó mucho mientras estabas en la escuela –le dijo su mamá con ternura.

–Y también nosotros –le dijo su papá–. Sabemos que estos días no han sido fáciles Coco, pero queremos decirte que te amamos y estamos orgullosos del hermano mayor en el que te has convertido. Pronto nos iremos acomodando a las necesidades de todos los miembros de la familia, y por eso tenemos un pequeño regalo para ti.

–¡Wow! –exclamó Coco al verlo–. Es una capa de superhéroe. ¡Me encanta!

–¿Qué tal si ahora papá queda al cuidado del pequeño Jano y nosotros vamos a dar unas vueltas por el cielo con tu nueva capa? Ya puedes volar nuevamente, ¿cierto?

–¡Sí, vamos! Pero no te preocupes, Jano, tu súper hermano volverá pronto y te enseñará nuevas palabras, juegos y algún día hasta podrás salir a volar con nosotros, seremos los dos grandes superhéroes y siempre te protegeré.

Antes de salir al tan deseado paseo con su mamá, se abrazaron los cuatro y rieron cuando el nuevo integrante exclamó:

–¡Adiós, Supercoco!

Preguntas para reflexionar si ya tuviste un/a hermanito/a: ¿Cómo te sentís siendo hermano/a mayor? Si alguna vez te sentís enojado porque no podés hacer algo en casa o con la familia desde la llegada de tu hermano/a, ¿qué podés hacer para que eso cambie? ¿Qué es lo más genial de tener un hermano/a? ¿Qué es lo que menos te gusta de tener un hermano/a y cómo pensás que eso puede mejorar?

Gloria Giammello

Gloria nació en Capital Federal, Argentina. Es licenciada en psicología, docente y autora del libro *De cabeza*. Se especializa en poesía y microrrelatos, teniendo las emociones como temática principal. El trabajo con niños la ha inspirado a ser parte de esta antología.

Brillos de valentía

Tomás es un niño feliz. Por las mañanas su mamá lo despierta, y le hace un rico desayuno antes de salir al colegio. Ya en la escuela, se encuentra con algunos de sus amigos y comienzan a jugar a la mancha, a las carreras o con cartas. Hay muchos niños y eso hace que siempre haya opciones para jugar. Cuando llega la hora de volver a casa, papá lo va a buscar y van juntos a almorzar. Tomás pasa la tarde con sus juguetes, mira un rato la televisión y aprovecha a jugar con Lulú, su perrita. Llega un momento del día en el que papá lo llama a bañarse mientras se prepara la comida. Tomás disfruta del baño, juega con su barco en la bañera hasta que mamá lo llama a cenar.

Pero luego de la cena, algo comienza a crecer en el interior de Tomás. El momento de apagar las luces se acerca, y con él, el sentimiento de encontrarse solo en la oscuridad. Cuando la noche avanza y es la hora de dormir, sus padres lo despiden y apagan la luz. Tomás empieza a temblar, atemorizado por las criaturas que existen en las sombras. En más de una ocasión se despierta a mitad de la noche asustado y llamando a su mamá. Pero esa noche ocurrió algo distinto, pudo distinguir una luz que entraba por su ventana y se acercó a mirar. Se trataba de una luciérnaga, uno de esos bichitos que dan luz por las noches. La veía maravillado y se preguntaba cómo siendo tan pequeña no tenía miedo de estar sola en la oscuridad. Se distrajo largo rato mirando a varios de esos insectos danzar en la oscuridad, y para cuando se dio cuenta ya había pasado un largo rato solo en la noche y sin temor.

Se miró a sí mismo. Sus ojos se habían acostumbrado a la oscuridad y podía distinguir las cosas en su dormitorio: el abrigo que parecía un monstruo, la silla que aparentaba ser una bruja, incluso la pila de juguetes que le hacía pensar que alguien había entrado en la casa. Quizás sus padres tenían razón y bastaba con enfrentar su miedo para descubrir que no estaba tan solo, ni tan a oscuras como creía. Cuando se estaba acomodando para ir a su cama, su padre apareció en la puerta de la habitación:

–¿Qué pasa, Tomi? ¿No lográs dormir? –preguntó su padre.

–Es que me distraje mirando las luciérnagas –comentó Tomás, emocionado. Su padre se asomó por la ventana a observarlas.

–Son unos hermosos bichos… pero hay que dormir. ¿Seguro que no estás despierto por el miedo? –preguntó su papá creyendo que su hijo intentaba mostrarse valiente.

Tomás negó con la cabeza en alto y agregó:

–Ya no voy a tener miedo.

–¿No? ¿Y por qué?

–Porque si las luciérnagas pueden brillar en la oscuridad, yo también.

El padre de Tomas largó una carcajada.

–Me parece muy bien. Todos tenemos miedos, pero no por eso nos vamos a dejar vencer por ellos –dijo abrazando fuerte a su niño.

De repente, la madre apareció por la entrada de la habitación.

–¿Por qué tanto alboroto? ¿Otra vez los monstruos del armario? –preguntó asomándose por la puerta.

–No, mamá, ya no me van a ganar esos monstruos.

Confundida, la mamá miró a su pareja.

–Es que resulta que tenemos una luciérnaga en la familia,

que ha descubierto que ningún monstruo puede apagar su brillo –comentó guiñándole un ojo.

–Me gusta, quiero un poco de ese brillo para cuando yo tengo miedo –dijo divertida la mamá.

–El brillo no se presta, má, todos lo tenemos.

Y con una sonrisa, Tomás y su familia se despidieron para descansar en paz.

PREGUNTAS PARA REFLEXIONAR: ¿Qué es el miedo? Todos tenemos diferentes miedos, ¿cuáles son los tuyos? ¿Qué podés hacer para enfrentar tus miedos y lograr que desaparezcan o, que por lo menos, no te limiten? ¿Qué es la valentía? ¿Conocés a alguien que sea valiente? ¿Qué personas te inspiran valentía? ¿Qué es lo que hace a una persona valiente? ¿Cómo podrías imitar esas acciones con algo que te da miedo?

Patricia Verónica Pallero

Patricia es escritora de cuentos históricos, infantiles, obras de teatro, guiones cinematográficos, poemas, relatos y canciones.

La literatura oral desempeña un papel preponderante en sus obras.

Sus cuentos se difunden en varios países en formato impreso y como audiolibros.

Ha participado en Encuentros de escritores, Ferias de Libros, programas radiales, televisivos, plataformas digitales, revistas, diarios nacionales e internacionales.

Ha sido jurado en eventos artísticos, literarios y cinematográficos,

Es especialista en Educación, Comunicación y Tecnología. profesora en Ciencias del Lenguaje, Comunicación y Literatura. técnica en Periodismo. Profesora en Ciencias Sociales, directora y guionista de cine independiente

Entre sus libros más destacados se encuentran *Alma de Pueblo, Cuentos que Viajan* (declarado de Interés Municipal), *La Historia Argentina en Cuentos* y *Saladillo Cuenta* (declarado de Interés Municipal).

Sus obras se muestran en numerosas antologías.

Los caprichos de Lina

La pequeña Lina vivía en el bosque junto a sus padres y numerosos animalitos. La niña era obstinada, tozuda, capaz de recurrir a exagerados berrinches para conseguir lo que deseaba.

Su familia y los animales giraban en torno a sus caprichos. Sus grandes rabietas eran conocidas por todos.

Con estridentes chillidos agudos era capaz de aturdir al boscaje completo. Nadie se atrevía a contradecirla y se esforzaban por cumplir los antojos más insólitos.

Así se podía ver a los conejos saltando apresurados de dos en dos para avisarles a las abejas que Lina deseaba endulzar sus galletas con miel. Su demanda era presurosa y al momento de ver satisfechos sus deseos reclamaba algo nuevo.

Las luciérnagas alumbraban la noche para que las ardillas alcanzaran las diversas frutas que "Caprichito", como la apodaban, ordenaba a la medianoche y que luego abandonaba sin degustar.

Sus padres, en vano, intentaban explicarle la diferencia entre capricho y necesidad.

Lina no valoraba lo que tenía y siempre quería más. Sabía que podía conseguir todo con mucha facilidad.

Una mañana, el día amaneció dormido. El bosque, quieto, aletargado. Sólo la niña despertó y comenzó con sus exigencias matutinas. Pedía, demandaba, reclamaba, pero nadie la escuchaba. Cuando el apetito fue voraz y sintió la necesidad de ingerir alimentos, se acercó a un manzanal y en puntitas de pies tomó una deliciosa manzana. Luego apeteció moras y fue en su búsqueda.

Recorrió gran parte de la arboleda hasta hallarlas. Observó la planta, pero se sintió saciada. En ese segundo, pudo distinguir si quería las moras o si realmente las necesitaba, si eran prescindibles o necesarias. Finalmente, no tomó ninguna.

Fue tanto lo que caminó que, fatigada y pensativa, se durmió y en ese instante el bosque despertó.

Una brisa cómplice la sacudió, abrió sus enormes ojos grises y regresó a su hogar.

Esa tarde, la pequeña invitó a los animalitos a recoger huevos y frutos. Llenó su canasta como lo hacía siempre pero esta vez para donar a los más necesitados.

A partir de ese día, cuando el atardecer pinta el horizonte, Lina regresa con su cesta colmada para ayudar a los demás y su felicidad es tan contagiosa que los sonidos del bosque se transforman en melodías festivas para celebrar su generosidad.

Código QR para escuchar *Los caprichos de Lina*

Preguntas para reflexionar: ¿Qué es un capricho? ¿Y un berrinche? ¿Por qué se producen? ¿Cómo puede ayudar un adulto a un/a niño/a que está teniendo un berrinche? ¿Cuál es la diferencia entre capricho y necesidad?

Ramón, el ratón enojón

En el fondo del jardín vivía quejándose Ramón. Nunca había salido de su cueva ya que siempre estaba de mal humor.

Se asomaba a la puerta, y, según la estación del año, descontento, decía:

–El viento sopla aire caliente.

–Hace demasiado calor

–El frío congela las orejas.

–La primavera tiene mucho color.

–Asómate –le decían sus parientes.

Poco a poco se animó y de la cueva salió.

¡Gran sorpresa se llevó!

Los topos, las hormigas, las mariposas, las abejas, las ranas, los caracoles lo saludaban con amor.

Ramón ponía cara de enojado pero nadie le creía. Eso a él no le agradaba.

Sentado, con los puños apretados, en la puerta de su guarida su mal humor desplegaba. Pasó por allí un gato muy osado y le comentó extrañado:

–¡Qué color arratonado! Te hace falta un poco de sol.

Ramón, del susto, se puso blanco y el felino lo percibió.

–No temas, soy vegetariano –le aclaró.

Al roedor le volvió el color, estiró sus bigotes y un suspiro de alivio soltó.

El gato, entusiasmado, lo invitó a jugar a las escondidas.

Uno contaba y el otro se ocultaba.

Tanto se escondieron que no se podían encontrar.

Cuando la luna alumbró salieron del escondite y Ramón esbozaba una placentera sonrisa. Largas charlas mantenían, donde el ratón le contaba que no quería mostrarse enojado porque asustaba a los demás.

Una cálida tarde, el ratoncito le prometió a su amigo aprender a identificar las distintas emociones y a controlar sus enfados.

Desde ese día todo cambió: muchas risas se escapaban felices de la ratonera.

Era inaudito ver a Ramón en la azotea y al felino dormitando con medio cuerpo en la cueva. Nació una amistad tan linda como los colores, diferentes pero únicos y especiales.

Código QR para escuchar *Ramón, el ratón enojón*

PREGUNTAS PARA REFLEXIONAR: ¿Cómo podemos ayudar a un/a niño/a cuando está muy enojado/a? ¿Qué cosas lindas hay en tu vida que te permitan recordar cuando estás enojado/a así esa emoción se va? ¿Qué cosas podés hacer cuando estás de mal humor?

Mariposa sin colores

A la pequeña Luly le encantaba pintar, con un pincel era la reina de los colores. Pintaba en papeles, paredes, lienzos, piedras, baldosas… Su vida era en colores.

Una tarde, la niña decidió pintar en el parque de su casa. Colocó la tela en el atril, sacó la paleta y comenzó con unos delicados trazos. De pronto, se sobresaltó: algo o alguien había pasado cerca de ella. Sintió una silenciosa presencia que giraba a su alrededor. Aguzó sus sentidos y observó a una particular mariposa de alas transparentes, sin colores. A través de ellas se podía ver todo el jardín.

Luly se animó, caminó lentamente, se arrodilló junto al insecto y realizó una minuciosa inspección a las delicadas alitas. Descubrió una infinita tristeza.

La confusión y la curiosidad de la niña se fueron convirtiendo en gigantes.

¿Cómo alguien podía vivir sin colores? Se preguntó.

La mariposa intentaba ocultar su carita asustada entre sus alitas transparentes. Luly la rozó suavemente para darle ánimo.

—No llores así, por favor —le dijo entonces—. ¿Qué te ocurre? ¡Cuéntame lo que te sucede, quiero ayudarte!

Por fin, la mariposa le contestó:

—Te he estado siguiendo durante todos estos días. Estoy maravillada con los colores de tus pinturas. Pero no me animaba a pedirte un favor, ahora siento que no me vas a hacer daño y que podemos ser amigas.

—Por supuesto que sí! —respondió la niña.

—¿Puedo ver de cerca tu paleta de colores?

—Claro.

–¡Qué maravilloso! ¡Cuántos matices! –La mariposa posaba feliz como una modelo, imaginándose con esos pigmentos en sus alas.

¡Ahí Luly se dio cuenta de todo y se le estremeció el corazón! ¡Su nueva amiga quería tener tonos en sus alas!

Luly le describió y le mostró todos los colores, primarios, secundarios, complementarios, sus diversas combinaciones y matices. La mariposa eligió estridentes mezclas.

La niña, con mucha delicadeza y, recurriendo a su pincel más suave, pintó lentamente las alas de su nueva amiga. ¡Quedó brillante y multicolor!

La llevó a un charquito para que se viera en su reflejo. ¡¡Quedó sorprendida y feliz!! Voló, voló con giros de bailarina. Antes de partir, revoloteó alegremente alrededor de la niña.

Se avecinaba una tormenta. La nena guardó sus telas apresuradamente. Las primeras gotas ya avanzaban. Vio un puntito danzarín y luminoso perderse en el horizonte.

Al amanecer, Luly descubrió en su ventana a la mariposita acurrucada y desteñida por la lluvia. La vio tan triste que enseguida la secó y se dispuso a sacar sus brochas para nuevamente darle color a sus alas. De pronto, se detuvo a contemplar el amanecer, los primeros rayos de sol se asomaron mágicamente a través de la mariposa.

En ese instante, Luly comprendió que su nueva amiga ya tenía tintes: los de la naturaleza.

Guardó sus pinceles y contempló el nuevo día a través de su amiga. Los elogios de la niña y su rostro embelesado convencieron a la mariposa de que ella tenía todos los colores en sus alitas. Así, única y diferente, era hermosa. No necesitaba cambiar nada.

La mariposa se sintió mariposa, igual y diferente. Abrió sus alas muy, pero muy grandes y alzó vuelo dejando una colorida estela a su paso. Ya no se veía transparente, se veía verde como los árboles, celeste como el cielo, turquesa como el mar, marrón como la arena, amarilla como el sol, multicolor como el arcoíris…

Código QR para escuchar *Mariposa sin colores*

Preguntas para reflexionar: ¿Qué es la diversidad? ¿Cómo podemos evitar que discriminen a las personas por sus diferencias? ¿Qué es un prejuicio? ¿Qué prejuicios pensás que tenés y no te habías dado cuenta? ¿Cuál pensás que es el primer paso para eliminar los prejuicios? ¿Por qué es necesario aprender respetando y valorando las diferencias?

Niña Pez
EDICIONES

Este libro se terminó de imprimir en julio de 2023,
en Buenos Aires, Argentina.